KB267472

이종천 청소년시집

아름다운
우리 마을 풍경

대양미디어

다문화 가정 청소년들과 함께

고향 진안에 집을 짓고 이사한 지 10여 년이 지납니다.

50여 년을 건설회사의 중간 간부로 일하면서 집을 짓는 일에만 열중하였습니다. 특기가 있었다면 시를 쓰는 일이었습니다. 글을 쓰는 것은 전국 각지에 집을 지으면서 '아름다움'과 '우리 정서'를 어떻게 그릴까 고민하면서 탄생의 기쁨을 얻는 작업입니다.

부모님이 아직 살아 계셨다면 열두 칸 기와집을 선물했을 텐데 그냥 꿈으로 남겼습니다. 자식이 건설회사 중간 간부로 일하심을 자랑스럽게 생각하셨던 아버지, 생전에 마을 장로의 9칸 기와집의 모습을 부러워하셨습니다.

부모님이 평생을 일하시던 경작지 한쪽에 집을 지으면서 영혼이라도 계시면 가끔 집에 올라와 쉬시라는 뜻으로 정원형 집을 지었습니다.

이 집을 짓고 나서 학교를 오가는 아이들과 마을 사람들의 쉼터가 되었고 다문화 가족 청소년들에게는 책을 읽는 독서실 기능도 하게 되었습니다. 그리고 농촌으로 밀려든 말이 다른 다문화 가정의 부인들에게는 우리나라를 소개하는 공부방의 역할도 하게 되었습니다.

이 책에 엮은 아름다운 마을 풍경은 우리 정서에 메마른 다문화 청소년들에게 전국 각지의 독특한 풍경과 계절마다 이뤄지는 우리 놀이문화, 그리고 지역 풍경 등을 사진 삽화로 시와 함께 보여주면 어떨까 하는 생각에서 준비한 원고입니다.

2년 전, 전주문화재단으로부터 창작지원금을 받아 흙의 고마움과 고향으로 회귀하는 인간 본연의 자세와 갈등을 그렸다면 이 책은 다문화 가정 청소년들에게 애향심과 한민족의 어제와 오늘 살펴보게 하는 시발점의 역할을 할 수 있을 것이라고 확신합니다.

인연은 늘 새로운 인연을 만들며 새역사를 만들어갑니다.

사랑의 마음으로, 고향의 정과 향수를 느끼며 살 수 있는 미래를 만들어가는 청소년들에게 이 책이 작은 동기를 마련하는 메시지가 되길 기대합니다.

2025년 6월 10일
마이산이 보이는 들녘에서
저자 이종천

차 례

제4부 고향의 겨울 풍경

제1부

아름다운
우리 고향

솔 씨 하나가

솔 씨 하나가
바위를 깨고 바위 벼랑에 집 짓는다.

좁쌀보다도 작은 담배씨 하나
5만 배 큰 몸집으로
그늘을 만든다.

티끌 같은 그 씨앗 하나가
바위 위에
우산 같은 가지 큰 나무를 세우고
이정표가 되기도 한다.

씨앗이 작다고
얕볼 것이 아니다.

강천대의 봄

바위산 겨드랑이를 끼고 돌며
여울물이 용소를 만들고
거북바위를 앉혀놓았다.

골짜기를 거슬러 오는 천년 바람
봄, 여름, 가을, 겨울
색깔이 다르지만, 늘 지나며 묻듯
이끼 계곡에 봄철 안부를 묻는다.

버들가지에 버들을 피우고
물총새가 자맥질을 시작해도
시절 인연 접은 선비들 소식 없고
소쩍새 우는 오월
개울 물빛 바뀌고서 아이들 소풍을 왔다.

반갑게 손짓을 해도 가까이 오지 않고
길 건너 천변川邊에 앉고, 서서
절경을 그리고

사진으로 담기에
등창 앓는 친정 아비처럼 가슴이 시리다.

거북 등위에 우두커니 앉은 정자
강천대 정자에 노을이 짙다.

달집태우기

매년 정월 보름이 되면
한해 농사 풍년을 기원하며
달맞이 행사로
함께 모여 달집을 태우며 즐겼다.

쥐불놀이, 부럼 깨기, 연날리기
더위 팔고 귀 밝히기 술 마시기
집안에 찾아든 상스러운 짐승퇴치를 위해
사물놀이로 혼을 빼놓던 대동굿
새해맞이 첫 민속놀이요.
전래 풍습이었다.

이날을 기해 농촌 들녘에서는
논두렁과 밭두렁 태워
병해충을 박멸하고
한해 풍년 농사를 준비하였다.

아낙들은 동그란 달떡 구우며
보름달을 보고
서원誓願 빌던 우리 선대 어른들.

인제 산천어축제

동장군이 기승을 부리는 한겨울
강변 얼음판 위에 앉아
시간을 낚는다.

아이도 어른도 함께 즐기는 행사
산천어가 바꿔놓은 겨울 풍경.

빙어도 낚고 붕어도 낚고
꺽지와 쏘가리도 낚더니
언제부터인가 산천어를 낚는다.

매년 정월 초부터 열리는 산천어축제
전라도의 끝 완도에서
충청도의 청주에서
휴가 얻은 필리핀 노동자들도 찾아와
함께 즐기는 겨울 문화 행사.

인제의 산자락에 강변에서 불어오는
짚불 연기가 뽀얗다.
모처럼 인제의 거리가
사람 냄새로 미소가 인다.

고드름

긴 겨울의 한복판
삼한사온三寒四溫의 온기 풀어지는 날
굵게 자란 고드름
주렴처럼 늘어졌다.

동지가 지난 지
열흘이 넘었지만
한파는 물러가지 않고

새끼 밴 암소
설산의 해동解凍을 기다릴 뿐
군불 땐 아궁이에는 아직 숯불이 벌겋다.

아이들 동동
발 구르는 저만치
뜰앞의 매화나무 가지에
꽃눈이 말갛게 얼었다.

복수초

방태산 오르는 길목
잔설殘雪을 이고 복수초가 피어났다.

입김 호호 불며
입술 크기만큼 열어놓은 눈구멍
겨우내 문밖 상황 살피던
토담집 노란 문구멍
해소 기침 쿨럭이던 외할머니의 집이다.

안개 바람 열리고
햇살이 곱게 펴지는 한낮
배시시 웃던 너와집
버짐 피던 어린 시절 내 친구
상순이 얼굴이다.

동강할미꽃을 보면

솜털 보송보송한 산골 아가씨
일본 순사에게 끌려 나와
쪽배를 타고 건너던 정선 나루터.

강굽이 석회암 암벽을 따라
수줍은 듯 피어있는 할미꽃
사람들은 솜털 고운 할미꽃을
'동강할미꽃'이라 했다.

내선 일체를 강조하며
처녀공출을 강요했던 일제 식민시절
정선의 동강 나루를 건너며
강물에 투신하거나
눈물지으며 강을 건넌 산촌 아가씨들
돌아오지 않은 영혼들이
꽃으로 피어 그 시절의 봄을 맞고 있다.

붉은 꽃 입술에 햇살 가득 머금고
생긋 웃고 있다.
강바람은 아직도 찬 4월의 아침.

징검다리 징검돌

영월 동강 상류에서 만난 시냇물
언제부터 놓였을까?
강 건너를 연결하는 징검다리.

들일을 갈 때
소는 텀벙거리며 건너고
쟁기를 멘 농부는
징검돌을 헤아리며 건너는 봄날

돌 한 개라도 잘못 놓이면
물속에 빠질 수 있는 시내
팔순 노인이 물속에서
돌을 주워 징검돌 옆에 쌓는다.

'-징검돌 하나가 흔들거려서 아이들이 빠지면 어떡해?'

그 징검돌을 밟고 갈 사람
아이와 부녀자
강아지와 같은 작은 짐승을 위한 마음
징검돌은
그래서 마음을 나누는 돌이다.

청산도의 봄

봄비 내리더니
붓으로 빛을 그렸다.

노란 유채와 초록의 마늘밭
소가 쟁기를 메고 밭을 가는 농부의 아침
농기계도 현대화되었지만
옛날 그대로 송아지를 앞세우고
암소가 밭을 간다.

뭍의 끝 청산도에서
암소의 외침으로 봄을 밀어 올린다.

도다리쑥국 향기로운 점심나절
종다리 먼저 알고
산벚나무에 햇살을 나눈다.

경칩驚蟄이 열흘이 남았는데
언덕에서 두꺼비들
물가를 찾아 내려오고 있다.

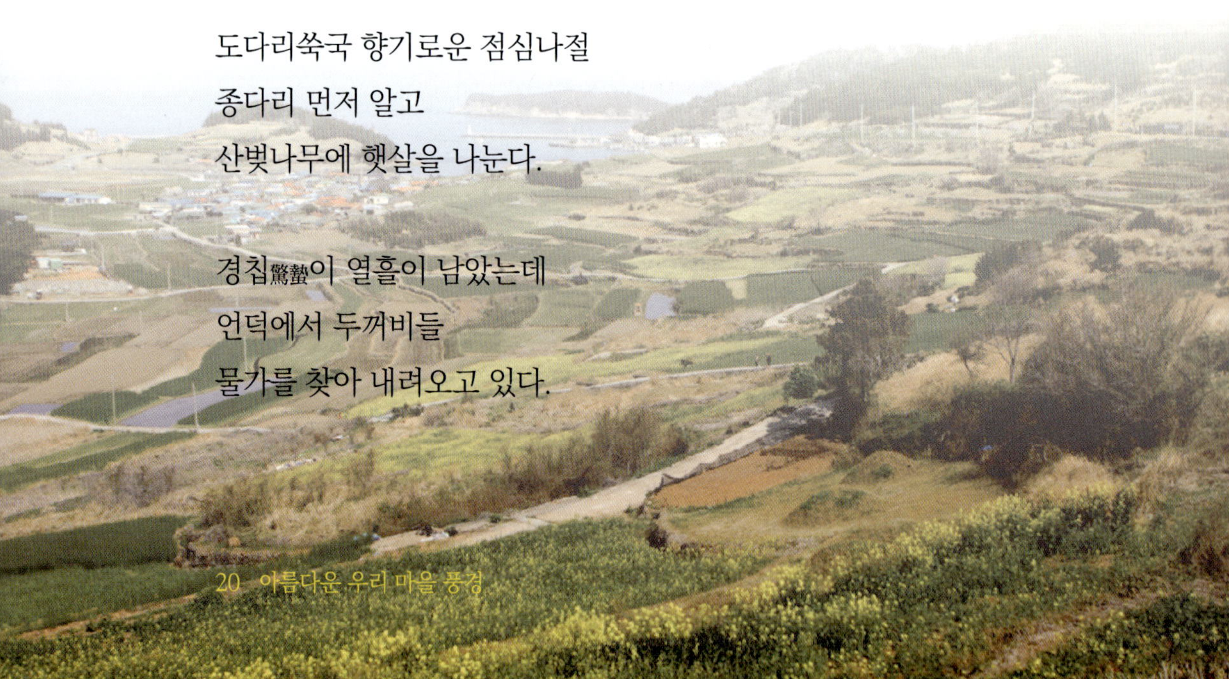

주산지에 봄이 오면

물속의 버드나무 몸을 담그고
해산할 몸을 먼저 씻으려
연초록 속옷을 벗는다.

물에 담근 속살, 늙음이 보여도
아직은 여린 열아홉 살
보송보송한 귀밑머리.
사진으로만 보면 스물네 살
대전사 승방僧房
불화 그리는 불모佛母다.

봄바람에 찰랑찰랑 물결이 일고
흙바람 부는 날
연초록 장옷을 입고 어디를 갈까?
마음부터 급한 봄의 주산지.

제방 위에는
물안개의 영혼靈魂 기다리는 사진사들
새벽마다 고요한 입김을 담는다.

청도 소싸움

청도에 가면
청도 반시, 한재 미나리가
특산품으로 팔린다.

비가 와야 모를 내는
천둥 논에도 연초록 미나리가 자란다.
금방 담근 된장에 찍어
쌈으로 먹는 미나리
허브 식물답게 향기가 독특하다.

전국 유일한 소싸움 경기장
스웨덴의 투우처럼
소를 창으로 찌르거나 죽이는 경기가 아니라
힘으로 밀고 밀리면 포기하는
힘겨루기 방식이다.

싸움소를 기르고
싸움소를 자식처럼 관리하는 농부의 마음도
자비와 인내,
베풂의 사랑이 돋보이는 곳이다.

화엄사의 홍매화

열두 살 막내 초경 하던 날
아버지는 양과자 사 들고 왔었지.

놀라 우는 아이에게
-곱게 자라주어 고맙다
-이제 우리 딸 어른이 되었네

칭찬에 벙긋 웃으며
부끄러워하는 아이.

이 험한 세상
빛나는 세상 든든하게 지켜줄
아버지라는 나무
눈을 이고 피어난 홍매화처럼
눈바람에도 얼굴이 환하다.

연날리기

새해가 되면 연을 만들어 띄워봐
옛날에도
겨울철 최고의 놀이였어.

대장 연은 언제나 육십갑자의
주인공이 되는 동물이었지.
그래서 황소 연, 쥐 연, 토끼 연,
양과 말 연도, 만들게 된 거야.

호랑이 연, 가오리연, 용 연,
뱀을 형상화한 뱀 연도 만들어
하늘 높이 띄웠다니까.

어느 나라나 널리 알려진 연날리기 놀이
우리나라 역사를 살펴보면
삼국시대와 조선 시대에는
적군의 동태를 감시하는 정찰기능도 했대.

한해의 모든 액운을
연에 실어
멀리 띄워 보내는 주술적인 역할도 했어.

정월 대보름 전날
연을 높이 올리다가
연실을 끊어 멀리멀리 날려 보낼 때
정말 짜릿한 맛이 있었어.

울산 오 동백 冬柏

한 그루의 나무에
다섯 가지 꽃이 피는 울산 동백

임진왜란 때 왜장이 뽑아 반출했다가
지난 80연대 후반에야
본래 자라던 땅 울산으로 돌아왔어.

우리나라 토종나무
오색의 동백나무
울산 오 동백.

이국땅 교토에 살면서
고향의 하늘 얼마나 그리웠을까?

오 종종 예쁜 모습으로
꽃을 피우면서
울산 하늘에 처음으로
고개를 들었다.

제천 의림지

삼한시대 김제 벽골제와 더불어
주민의 손으로 지은 호수
제천 의림지.
빙어의 산란지로도 알려졌지만
내륙평야 지대 용수를 공급하는 인공호수다.

호수 중간에 용천수가 솟아
내륙 이백리 수로를 따라 가뭄을 해갈시키는
젖줄이었고 내륙관광 자원의 시초.

예로부터 치산치수는
지방 목민관의 지혜를 다투던 선정의 범위
한해 풍년 농사는
태평성세를 이어가는 자량資糧이었어.

내륙의 인공호수 의림지 자드락길을 걸으며
매년 제방 둑을 보강하고
능수버들을 심어
호숫물을 지키던 지혜를 살핀다.

솟대를 세우고

막연한 그리움을 가지고 산다.
스쳐 간 바람
다시 돌아와 기웃대는 노을처럼
늘 바람을 맞으며
언덕바지에서 기다린다.

구름 피듯
추억의 언저리엔 반가운 얼굴들
지금은 하늘가에
붉은 구름으로 피어나도
기다림이 있는 마을에서는
저녁연기가 아련하다.

방패연 한줄기
끌고 가는 바람이라도
솟대 위에 새를 앉힌 언덕에는
5일 장을 다녀오는 남편 기다리는
어머니 같은 솟대가 있다.
바라 보고 섰다.

외다리로 선 솟대가
외다리로 선
기러기를 안고 서 있다.

사과꽃이 피는 동네

가파른 가평 화악산 기슭
이른 봄 고로쇠 물 채취가
첫 농사일만큼 가난한 마을.

한철 잣송이 따는 게 전부인 산촌
농사지을 땅도 척박하여
감자나 메밀 수수로 연명하던 동네였지.

한국 전쟁 때 한마을 전체가 월북하여
사람 그림자만 남아있던 동네
그들이 남긴 빈집을 찾아
집터를 갈아엎고
초크베리와 돌배나무 기르고
효소酵素를 만들어 마을을 일궜어.

'-산을 좋아하는 사람들'
말처럼 산을 좋아하고, 가꾸는 젊은이들

주어진 환경을 극복하려는
발상의 전환이
계곡에 도시 사람들을 불러들여 기적을 만들었어.
이름도 기억하기 쉬운
'사과꽃이 피는 동네'

강화 마니산

우리 민족의 건국설화建國說話 간직한 마니산
우리 국토의 심장
산정에서 반짝이는 바다를 살펴봐.

높은 곳에서 바라보는
산천의 흐름이 고요하다.
작은 내 모습을 보고 경건해지고
욕심 많던 마음
다시 내려놓는 하심下心.

봄이면
수달래 꽃불 켠 고려산을 지나
마니산 언덕에서 만나는 우리 민족의 성지
오르는 계단만치나
다시 내려오는 계단 헤아리며
오늘의 삶 돌아본다.

도다리쑥국

바다의 향기와 봄이 만난다.
산수유 피던 언덕 아래 옛집
모처럼 짚불 연기 피어오르면
장국만으로 끓여낸 도다리쑥국
식구들이 저녁상을 받았다.

고향 꿈이면 늘 살아나던 그림
아지랑이 산기슭에서
쑥을 뜯던 그리운 어머니

마른버짐 피던 내 얼굴 보시고
웃던 모습
봄빛이 그리운 계절이면
도다리쑥국을 먹는다.

울돌목 숭어잡이

바닷물에 발을 담근 바위
푸른 이끼를 암벽 얼굴에 싹 틔울 무렵
찰진 숭어가 물길을 거슬러 오른다.

물살 빠른 여울목에
뜰채를 든 거북 아비의 눈 푸른 시선이 꽂힌다.
'휙-!'
뜰채 거꾸로 채 낚는 숭어잡이
봄의 시작이다.

소슬바람 높은 남풍이다.

늙은 아버지
겨우내 기침을 달고 사시며
쌀죽으로 식사를 대신하셨는데
밥상에 찰진 숭어회 한 접시 올려드릴까?

이끼 자라는 바위벽을 디디고
뜰채를 들고
물길을 거슬러 오르는 숭어를 낚는다

유월 보릿대가 익을 때까지
새벽마다 물질을 할 것이다.

여수의 울돌목 숭어잡이
거북 아비가 아니더라도
듬직한 장화 올려 신고
뜰채를 첨벙 담그고 싶다.
숭어의 하얀 뱃살이 보고 싶다.

* 거북 아비 : 늘 한곳에서 웅크리고 앉아 고기를 낚는 사람을 일컫는 말.

가마 타고 말 타고

1. 우리 누나가 가마 타고 시집을 가요.
   연지 찍고 곤지 찍고 족두리를 올려 쓰고
   노랑, 노랑 저고리에 빨강빨강 치마에
   우리누나 예쁜 누나 싱글벙글 웃으면서
   흔들흔들 가마 타고 시집을 가요.

후렴) 신랑 각시 입 맞추며 부끄러워서
   하하 호호호 우해해해 해해해
   초례청에 앉은 수탉 길게 우니 경사로다
   부자 된다, 자식 농사 칠 형제도 낳겠구나.

2. 우리 삼촌 장가가요. 말을 타고 장가가요.
   사모관대 차려입고서 하얀 말을 타고서
   개울 건너 다리 건너 예쁜 각시 집으로
   선물 한 짐 지고 이고 수레 끌고 장가를 가요.

제2부

아름다운 산과 강

틈

틈이 있어야 빛이 잠든다.

문틈
바위틈
사이와 사이

그 틈바구니에서
미래가 시작되고
꿈이 자란다.

경회루

6백 년 서울 지킨 바람
기왓골에 숨어
비켜 가는 구름 지켜보고 섰다.
경회루의 봄날.

물거울 속에 잠긴 청나라 대신 웃음소리
눈초리 매운 일본 헌병들의 발걸음 소리
풍각쟁이 마음으로 울고
용마루 원숭이 울다가 지쳐 돌아서 앉아있다.

어깨 부러진 늙은 향나무
갓 태어난 참새 한 마리 보듬어 안고
경회루 연못 가득
환한 연꽃 피길 기다린다.

나라꽃 무궁화

꽃 중에 개화기간이 가장 긴 무궁화
석 달 동안 피고 지며
많은 꽃송이를 생산하는 나무

예로부터 우리 조상들은
자손의 번성과 은근과 끈기의 표징으로
무궁화나무를 울타리에 심고 가꿨다.
그래서 흔히 불리던 이름
울타리 꽃.

꽃 이름도 많아 113종
그중에서도 백단심과 홍단심이
우리 겨레의 마음을 상징.

일제 강점기 때는
강제로 뽑아 소각하기도 했지만
산과 들에 가지를 꺾어 심어
나라꽃 무궁화를 지켜왔다.

한겨레의 나라꽃 무궁화
여름 오면, 첫 꽃 필 때부터
사진으로 남겨보자.

접시꽃

마당에 들어서면 왠지 허전하고
장독대를 돌아보면
빈 장독이라도 몇 개 들여놔야 할까?
그런 사유로 가꾸기 시작한 꽃밭.

키가 큰 해바라기는
담 밑에 두세 그루
그 아래로 심은 백일홍과 접시꽃 두 그루.

매일 꽃을 피워 옆구리에 끼더니
추수할 무렵에는 화관을 쓴 듯하다.

장독대 옆에 심은 도라지 두 그루와 접시꽃
이제 모양을 갖추고 장파리를 쫓고 있다.

모든 일에는 구색이 맞아야 한다지만
꽃나무 몇 그루가 장엄한 집 풍경
지나던 나비와 잠자리도
꿀벌 몇 마리도 꽃 얼굴에 머리를 파묻고
안부를 묻고 있다.

연등을 걸고

부처님 오신 날
간절한 서원을 담아 연등을 밝힌다.
우리 가족의 안녕과 평화
이웃의 행복을 함께 기원하는 날

거리마다
산골짜기 절 마당까지
마음을 담아 정성스럽게
오색의 연등을 걸고 꽃불을 켠다.

모두가 평등하고
모두가 지혜롭고
부처님의 자비 복덕이 전해지도록
연등을 걸고 어둠을 밝힌다.

지혜의 등
자비의 등
사랑과 은혜가 넘치는
꽃비 날리는 부처님 오신 날.

대한해협 저쪽에는

대한 해협의 남쪽과 일본 규슈 북서쪽 바다
그 푸르른 물굽이 언덕을 헤쳐간다.
한 많은 해협 현해탄.

파란 물살이 부서지는 뱃머리
울며 따르는 갈매기 울음소리
바닷속에서 하나, 둘, 끌어올려 이름을 부른다.

징용으로 끌려가던
많은 우리 조선의 젊은이와 처녀들
이 바다에 몸을 던졌지.
하얀 국화꽃처럼
붉은 연꽃처럼

울음 삼킨 바다와 무심한 듯 부는 바람
원한은 사무쳐 구름으로 떠 있고
삭지 않은 뼈 무더기 가슴에 안고 있는
저 바다가 고향이다.

백두산 두메분취

백두산 정상의 바람꽃 두메분취
백두 호수를 불어오는 바람결에
찢길 듯 나부낀다.

몸이 온전하면
다가가 안고 싶고
기대어 향도 맡고 싶지만
사진과 동영상으로 보는 정경
더욱 그리움이 사무친다.

그래도 내 눈으로 볼 수 있다는 행복
얼마나 다행한 일이냐?

백두산의 바람꽃 두메분취
내생에 다시 가서 볼 수 있을까?

바람도 그립고 향기도 그립고
산길을 오르고 내리는 친구들
가쁜 호흡이 향기롭다.

남원 광한루

광한루에는 언제나 꽃바람이 산다.
사랑의 속삭임이 머문다.

마음마다 간직한 풋풋한 사랑
연못가에 활짝 핀 홍련
누구에게 보여줄까?

가슴에 피운 백련
저만치 사랑의 그림자
내 사랑이 아니더라도 가슴이 뛴다.

능수버들 낭창낭창
바람 그네를 타고
광한루에는 춘향의 미소만 남아있다.

통영의 죽방멸치

썰물 때 걷어온 멸치를 받아
회를 떠내고
초고추장에 비벼 내놓는 죽방 멸치회.
경칩驚蟄 전후에 맛보는 참 음식이다.

일 년 열두 달 잡히는 고기이지만
경칩 날부터 유월 유두 날까지
그 맛이 일품이다.

바다를 알고 갯바람을 맞아본 사람들은
그 바다 맛을 찾아 들리고
고향의 맛을 찾아 포구를 들린다.

경남 통영, 바다 풍광 아름다운 바닷가
통영에 가면
갈매기 창밖에까지 다가와
안부를 묻고 반가워 손짓한다.

한련초

이름 없는 꽃이 어디 있으랴.
작은 풀꽃이라도
다시 보면 기쁨인데
맑은 얼굴이 하늘이다.

망초꽃에
하얀 나비의 미소 살아있고
땅바닥에 앉은 패랭이꽃에
개미들의 꿈
무지개처럼 앉아있다.

이별의 슬픔 삭이다가
절망하여 뱉어야 할 한숨
참고 살아온 시골 아낙의 겨우살이.

두건 위에
방앗간의 보릿겨 먼지
가득 쌓이던 한여름 언제 올까.

두엄더미를 걸어온 황소 발굽을
어디서 씻고
하늘마루에 앉을 것이냐?
푸들푸들 먼지바람 이는 산기슭에
한련초가 피었다.

감꽃 지던 날

노란 감꽃이 빠지기 시작하면
어머니는 채반에 감꽃을 주워 말리셨다.

늦은 봄비 듣는 날
여린 감잎으로 튀각을 만드시며
절구에 쌀을 찧어
쌀가루에 꽃 버무리를 만드셨다.

달고 떫던 감꽃 버무리
소금 맛이 강했던 감잎 튀각

어머니는 가고 안 계시지만
그 계절 다시 오면
튀각 맛을 찾아 전집을 찾아가고
감꽃 소복이 빠진 감나무 밑에서
시절 인연을 묻는다.

5월이 오면
노란 감꽃 다시 피는데.

방생放生

옛 어른들 말씀에
'–동냥은 못 줘도
 쪽박은 깨지 말라고 했지.'

어려운 이 보면 도울 줄 알고
굶는 사람 보면
내 양식을 덜어 나눠주기도 했잖아?

속박받는 이 풀어주고
헐벗은 사람 옷을 나눠주는 것
방생放生의 참뜻이 바로 그거야.

죽음에 직면한 짐승을 입양하거나
풀어서 놓아주고
물고기를 다시 물속에 놓아주는 일
살아있는 목숨을 살리는 일은
쉬운 일이지만 어려운 일이야.

그래서 그 공덕이 하늘도 움직여서
그만큼 복덕을 받는다고 했어.
'인간 방생?'
어려움에 직면한 이웃을 돕는 일이야.

장마

전쟁이 끝나고
헐벗은 농촌이나 도시에는
나무 장작 판매가 손쉬운 돈벌이가 되던 시절
소를 팔던 장터나 골목 입구에는
언제나 즐비하게 서 있던 장작 수레

군사혁명 이후
산림녹화와 사방공사가 본격적으로 이뤄지고
공터에 양잠을 위한 뽕나무와
산사태를 예방할 목적으로
아카시아, 미루나무
개천가에 즐비하게 심었다.

그렇게 조림을 시작한 1965년부터 70년
장마만 지면
닭이며 염소가 초가지붕을 타고
강물에 떠내려가고,
소와 돼지를 건지려고 강가에서
갈고리를 던지던 사람들
여름마다 진풍경이었다.

뉴스에는
산사태와 매몰자를 찾는 구조 작업 장면
눈 시린 반백 년 전의 우리 역사

가정마다 자동차를 두고
농기계를 두고
가전제품과 마을회관에는
운동기구와 한방 물리치료기를 두고
건강을 챙기는 오늘 모습

뒷동산에 잔디 집을 지으신
그 시절 어른들
고달픈 수고가 그립다.

매향리의 봄

바닷가 마을
돌섬이 있는 매향리

한국 전쟁 이후에
항공 사격장으로 지정된 돌섬
파도에 밀려온 불발탄과 탄피
이미 산을 이뤘다.

암소는 포 소리에 놀라 송아지를 잃고
갓 시집온 색시는 아기를 잃고
설움의 눈물 삼키던 마을.

이제 폭격기의 소음도 멎고
파도와 폭풍에 씻긴 돌섬
겨우 일어나 발꿈치에
미역 줄기 키우고 있다.

다시 돌아와 마을을 선회하는 갈매기
고향마을 입구에서
반가워 소리친다.

전선戰線에서

사상과 이념의 갈등
정치가들의 자존심과 욕심에서
살육과 인간 경시의 동물적 야성이 나타난다.

그다음에는
내 곁의 전우가 죽거나 다치고
내 곁의 가족이 처참히 주어갈 때
분기탱천하여 복수의 죽임이 시작된다.

전쟁은 작은 욕심과 자존심에서 시작하지만
그 후유증은 인간 상실의 적개심
분노로 기억된 살육殺戮의 기억을 되살린다.

격전의 전선에서
안개비 내리고 늦은 밤 산새의 울음이
간절하게 들리면
초병哨兵의 눈빛은 결연히 빛난다.

돌아오지 않는 다리

한국 전쟁이 끝나고
그 전투의 마지막 격전지 중심을 따라
경계를 세운 군사분계선.

이산離散의 아픔 속에
70여 년을 분단의 벽에 갇혀
그리움으로 눈물짓는 실향민들.

철새들은 계절을 따라
하늘길을 오고 가는데
반도의 허리를 기차와 자동차로 건너던
저 푸른 철교鐵橋의 문은
굳게 닫힌 채
강물만 도도히 흐르고 있다.

북으로 올라간 이
남으로 돌아오지 못하고
남으로 내려온 이
다시 북으로 올라갈 수도 없는 저 다리.

교각橋脚 위에 앉은 철새만이
서글피 울고 있다.

물한계곡 해송 나무

해송 나무 묘목 2만 그루
영동 물한계곡 낮은 분지에 심었다.

격동의 50년 지나는 동안
비바람에 계곡이 깎이고
진입로의 바위가 정으로 쪼아 깨지더니
산마루까지 길이 났다.

삼도봉 마루에 이르기까지
계단으로 이어진 하늘길
그 아래로
학처럼 자란 나무
심기만 했을 뿐
그게 돈이 될 줄 누가 알았는가?

절름발이가 된 주인을 바라보며
지그시 바라보는 나무들
천년 바람을 안고 오는 길목에서
숲이 향기를 즐긴다.

‘민주 지산’ 삼도봉

전라도 경상도 충청도
삼 도의 경계를 짓는 영동 ‘민주 지산’ 삼도봉
황금용이 승천의 몸짓으로
여의주 물고 있다.

일제 강점기
금을 채굴하던 기슭에는
고로쇠나무들
늦여름까지 빈사의 상태
잎조차 피워내지 못하고
때 이르게 선잠에서 깨어난 독사들
물가를 찾아 기어 내리는 기슭

겨울이면 회오리바람에
7m 이상 눈구덩이가 만들어지는 악산.

‘민주 지산’은 이름만치나
거칠고 오르기도 힘든
고난의 여정을 담은 산이다.

산막을 지나며

예부터 한양과 지방 오르내리던 길
산막을 지어 쉼터가 되었다.
괴산 산막이 길

약초 농사도 짓고
인근에서 농사지은 햇곡식도
채반마다 쌓아놓고 파는
산막이 길목

이제는 촌로들의 하루 일터
농막을 지은 그늘 밑에
잘 여문 옥수수 설설 김을 내며 익고 있다.

저녁이면 서늘한 냉기에
바지를 찾아 입고
이슬 내린 수박밭을 헤집던 아이들
고단한 허리 눕히고
이제 코를 골며 잔다.

삼척의 포구

바닷가 마을이 술렁이는 여름
새벽어둠 뚫고
바다를 나갔던 고깃배들이 들어온다.

언제나 부지런한 만큼 내어주는 바다
뭍 향기를 맡은
싱싱한 고기들이 펄떡인다.

선잠 깬 동네 아낙들
오징어 배를 가르고
물메기 받아 손수레에 싣고
졸졸졸 물소리와 함께
구르는 수레바퀴가 얼굴을 씻는다.

포구에서 수고한 어부들
고마운 인사 한마디에
물 좋은 생선 얻을 수 있는 삼척의 포구

여행길에 만난 어촌계장님
대게 두 마리 들고 웃는 사진
카톡으로 보내셨다.

남녘의 여름 향기 고우니
들리라는 메시지
말보다도 그 포구 그립게 한다.

태백 바람의 언덕

태백산 바람의 언덕
바람개비가 울며 돈다.
산마루의 얼굴도 들썩이며 운다.

세상 떠난 탄 갱부 아버지의
기일忌日도 잊었을까?
아이들이 사는 집 언덕에서
아이들을 부른다.

아버지 삼촌, 아들의 영혼
탄가루 툭툭 털며
풍차 날개에 매달려 운다.

하현달 지고 난 새벽
보석처럼 빛나는 별 쏟아지는
허허로운 바다를 보며
바람이 된 아버지들이
산 위에서 운다.

제3부
풍요로운 우리 강산

호수

내 안에 열린 네가 있구나
하늘만큼이나 파랗고 넓은 너

사슴 몇 마리 놓아 기르고
목 축이고 간 자리
시린 그림자 여울져
가을 하늘 여물며 간다.

마지막 잎새 추스르는 가장자리
통나무 의자에 머물다 간다.

안동 참마

긴 사래밭이 아니어도
씨앗 하나만 묻어도 실한 알덩이
새해 벽두 이슬을 맞으며 캐는 참마
백제 무왕이 캐던 마다.
선화공주가 칼국수를 빚던 마다.

약으로도 먹고
음식으로도 긴요했던 마
이제는 안동의 효자 작물이다.

해동解凍하기 직전까지
흙 속에 갈무리했다가 찌고 덖고
날로도 먹던 우리 고유의 작물
춘궁기의 구황작물救荒作物이요
예로부터 산속 암자의 양식

익산 미륵사지 석탑 아래
마꽃이 피었다.
공산성 바위틈에 무지개로 남았다.

맷돌을 돌리며

할머니 혼수로 가져오신 맷돌
닳고 닳아 어처구니 끼우는 홈도
모서리가 깨지고
콩을 넣는 입도 매끄럽게 닳았는데
대대로 물려 오는 가보로
마루 한쪽에 모셔놓았다.

텃밭의 콩과 녹두, 쌀과 보리도 갈아
죽과 떡을 만들던 맷돌
할머니의 눈물과 땀
어머니의 한숨과 고단한 삶이
녹고 녹아 손때로 남았다.

두부를 만드는 솜씨
예나 지금이나 같은데
아침상에 비지찌개와 두부를
장국에 끓여 주시던 어머니.
그 어머니의 다정한 손길
꽃다지 피어나는 봄이면
그리움에 가슴이 아련하다.

안동 헛제사 밥

유교문화의 고장 안동에 가면
외국인들에게도 독특한 음식이 있다.
안동 헛제사 밥.

쌀이 귀하던 시절
공부하던 유생들이 제사를 핑계 대고
함께 만들어 먹던 제사음식이다.

격식을 갖춰 축문도 읽고
그 음식을 놋쇠 주발에 나눠 담아
간장에 비벼 먹던 모습

정갈하고 감칠맛에
이제 세계인의 음식이 되었고
안동의 특산음식이 되었다.

작은 동인으로 시작된 먹거리 음식
전통이 되고 문화가 되어
착한 음식이 되었다.

백제 고분

서울 송파 삼전동에 가면
서울의 역사가 시작된
한성백제 왕들의 무덤 적석총이 있다.

사방의 돌무덤
그 돌무덤 무너질까?
지하철도 비껴간 1천 600여 년 전의 돌무덤
고구려의 주몽 아들 온조와 비류
'–해로로 남하하여 한강 유역에 성을 짓고
 나라를 세우니 한성백제라 했다.'는 역사기록
완산 전씨 족보 서문에도 기술돼 있는 역사이다.

송파 들녘을 말을 타고 달리던
그 시절의 백제의 왕들
강 건너 아차산성에 진주하던 고구려군에게
급습을 당해 멸망하고
충남 공주로 후퇴하여 후백제의 혼맥魂脈을 잇는 백제사람들

석촌동 고분을 보며
역사의 부침을 다시 살펴본다.

하회마을에 가면

하회마을에 가면
시간이 멈추어있다.

흙담으로 이어진 골목길을 지나면
외양간과 방앗간, 디딜방아
토담 위에 수탉만이 한가롭게 운다.

이엉을 올린 초가지붕에는
박꽃 하얗게 피어있고
달덩이 같은 박이 가을을 익혀간다.

빠끔히 열린 양반집 대문 저편에
집주인은 어디 가셨을까?
그림자 일렁이는 마당 가에
작대기로 고인 풀 지게
검은 삽살개가 콩콩 짖으며 뛰어나온다.

무너진 돌담 저편으로
옹기종기 모여있는 장독대

늦가을 햇살에
간장 된장 익히고 있고,

돌돌 마을을 돌아
흘러내리는 강물은
하회별신굿을 하는 장구 장단에
까불까불 춤을 춘다.

만추晩秋

들판에 서리 내리면
날아온 철새들이 겅중거리며
벼 이삭을 줍는다.

논두렁에 구멍을 파고
벼 이삭을 끊어 저장한 들쥐들이나
나무구멍에 도토리를 물어다 감춘 다람쥐나
겨울 준비는 바쁘다.

상강霜降과 한로寒露가 지나고
언감을 찍는 까치들 분주할 때
새 창호지를 내려 문 바르고
동짓날 팥죽 쑤어 한해 농사를 감사하는 날

올해도 할머니는
햇간장을 덜어 끓인 미역국에
쌀밥을 장독대 앞에 진설陳設하신다.

정성 가득한 마음
구순九旬의 외할머니.

신불산 억새꽃

산을 오르면
모두가 한 마리의 새가 된다.

우주에서 작은 새 한 마리
다투고 헐뜯고
자기 성취감에 우쭐대던 자만심
산을 오르면
내 작은 모습을 발견하게 된다.

봄이면 진달래 철쭉으로
장관을 이루고
가을이면 무성한 억새꽃으로
파도를 이루는 신불평원

영남 알프스의 산새가 되어
산을 오르며
겸손과 자만심을 버리고
마음 내려놓는 방하착放下著의 경지
다시 되새긴다.

강릉 선교장

목수 일을 배우기 전에 들러보라던
강릉 선교장 99칸 한옥 건물
우리나라 목조건축물의 상징이다.

사랑채와 안방 쪽문과 팔작지붕
정자와 마당 연지蓮池도
조화롭게 어우러져 있다.

전통과 예를 숭상하던 장인의 솜씨
기와지붕의 용마루와 담장의 곡선
높이 세운 솟대

총 총총 삽살개가 뛰어놀던
뒷마당 굴뚝에서
솔가지 타는 냄새

시간이 멈춘 마당에
찰랑찰랑 햇살이 고인다.

길道을 만들며

길이 있어 길을 가는 게 아니다
길은 누군가 만들며 가야 한다.

큰길과 작은 길 인도와 찻길
바다의 길 하늘의 길
새하얀 눈밭 위로도 길을 만드는 이들.

개미가 질경이 한 포기를 그늘 삼아
자기의 성을 짓고
길을 만들며 살아가듯

기러기 하늘길을 만들며
호수를 찾아가듯
길은 삶을 위해 만들어지는 생명 길이다.

그 외로운 바람길에서
나를 바라보는 언덕 하나
그것이 쉼터가 아니라 출발점이어야 한다.

도전은 새로운 길을 만들고
발자국을 찍는 기쁨이 기다리고 있다.

진안 마이산 탑사

멀리서 보면
어머니의 가슴같이 보이고
가까이서 보면
아늑한 고향 집 같은 탑사.

수행의 방편으로 돌을 주워 하나둘 쌓기를 수십 년
얼마나 공들여 쌓았으면
폭풍이나 벼락 폭우에도 흔들림 없이
우뚝하니 서 있을까?

켜켜이 쌓은 세월의 무게로
내려앉은 염불 소리
금당사의 풍경은 시절 인연을 노래한다.

나 이제 왔으니
그대 다시 와서 세상을 노래하시게.
암마이봉 하늘 위에 노을 물든 뭉게구름
다시 돌아와 탑 위에
총총 서 있을 수 있을까?

산 아래 호수에는
낯선 철새들이 구름을 낚고 있다.

죽비竹篦를 세우고

가끔은 이정표 없이 가던 길 멈추고
돌아서서 지나온 길을
바라볼 때가 있다.

어지러운 발자국
흐트러진 매무새
돌아서서 바라보면 따라온 발자국
고달파 보여도
긴 그림자를 끌고 있어 대견스럽다.

문자 없는 책을 읽으며
염불만 외는 낮도깨비
오늘도 선방禪房에는
숨을 쉬는 낮달이 떴다.

칠석七夕날에 오는 비

칠석날에 오는 비는 사랑비
이승과 저승을 잇는 눈물이래.

이승에 사는 까막까치들
후르르 날아올라서
은하수 강물 위에 오작교烏鵲橋를 놓고
견우와 직녀의 해후邂逅를 돕는데.

이승과 저승의 삶이 다르고
저승의 생이 다를 진데
상제의 명을 어기고 이승 총각을 사모한 공주
결국 1년 동안 베를 짜는 형벌을 받고
총각은 강변 땅을 갈아
농사를 지어야 했지.

옥황상제는 아직도 화가 안 풀렸나 봐
둘이는 애석하게도
칠석날 밤에만 만나서 사랑을 속삭였대.
지고지순한 짝사랑이었던 거지

그래도 기약 없는 이별이 아닌
일 년에 한 번이라도 만나잖아.
하늘 공주와 이승의 청년을 소재로 한
아름다운 설화, 만남과 갈등,
기다림의 영속적 사랑은
가슴으로 삭히는 한恨의 깃들어있어.

김제 지평선 축제

가을들녘에 사물 소리 가득하다.
지평선 너머로
가을 햇살 소복하게 내려앉고
한 계절 논을 지키던 백로도
한가롭다.

탈곡기가 지나간 자리
볏섬이 쌓이고
살진 메뚜기 이리 뛰고 저리 뛰고
논두렁에 심은 서리태는
고슬고슬 잎부터 마르더니
불룩하니 배만 안고 서 있다.

간장 된장이 익는 담장 아래
마을 길을 따라
허수아비 흥겨운 옷자락에
소슬바람 높이 불고
맑은 하늘에는 흰 구름만 둥둥
가을이 영글고 있다.

낙안읍성에 가면

돌담길 걷다 보면
기억 저편에서 달려오는 어머니
아버지의 외침 소리.
'–얘야, 밥 먹어라!'

등 굽은 초가지붕에는
뒤웅박이 뒹굴고
호두나무 밑에는 되새김질하는 황소
담 너머 장독대 옆에는
무 배추가 실하게 자랐다.

잘 영근 수숫대 위에
참새들 매달려 놀고 있고
지붕을 잇던 참봉 집 위에는
이엉 둥치가 듬성듬성
마당에서 고추 말리던 할머니
멍석 위에 차랑차랑 고이는 햇살

여기가 눈을 감아도 갈 수 있는
마음의 고향 낙양 읍성
전설이 깃든 마을이다.

십장생 十長生

사망의 고통이 없이 장수한다는 십장생
열 가지 짐승과 무생물이다.

해와 산
물과 불 구름과 소나무
거북이와 학, 사슴
그리고 불로초.

이를 그림으로 그리고
이 중에 소나무를 가까이하고
사슴을 기르고
불로초를 구하려 애를 썼다.

유유자적
세월을 보내며 구름을 벗하던 선인들
시류와 방랑이 장수의 비결이라
대망의 서원이 산천에 이르렀다.

메밀묵 메밀꽃

봉평 땅 들리면 가게마다
주문하지 않아도 인심도 후하게
메밀묵, 메밀차 내어놓는다.

늦장마로 논밭 쓸어 덮으면
대체 작물로 심던 메밀
이효석이 소금꽃으로 비유했던 메밀의 향기
이제 봉평의 풍광을 바꿨다.

무나물로 독성을 중화시키고
새싹과 꽃 비빔밥과 잎 차로
전분은 묵으로, 전으로 먹던 메밀
추억의 저편에서 허리 굽은 산촌 어른들

나무 호미로 밭을 매던 언덕길
이제 도시의 사람들
그 메밀밭을 보러
봉평의 들녘을 찾는다.

보은의 대추나무

잎보다 꽃부터 피우고
열매를 맺는 대추나무

죽었는가 하여 베어 버리려다
톱을 놓았던 어느 날

늙은 아버지
늦은 나이에 공무원 시험 합격한 아들보고
-개구리도 멀리 뛰려면 다리를 움츠린다.
-서두르지 말고
-무슨 일이든 경솔하게 처신하지 말고.

뵐 때마다 늘 그 말씀
이 세상 안 계시지만 목소리를 귀에 쟁쟁
자명종이 되었다.

이천 명 가마솥

이천 설봉산 기슭
삼형제바위가 내려다뵈는 기슭에
가마솥을 걸고 축제를 연다.
이천 쌀문화 축제.

신라 시대에는 복하천을 따라 자라는
자채紫菜쌀로 밥을 지어
회암사와 고달사에 제사를 올리며
통일을 기원했던 조상들

이천 명이 먹을 수 있는 가마솥에
밥을 지어
시월의 대동제 의미 살피던 사람들
가래떡도 나누고
사물놀이도 즐기고
한해 농사의 기쁨 함께하던 추수 감사제

이천이라는 이름답게
이천 명 가마솥에
올해도 쌀밥 익는 냄새 고소하다.

태풍

지붕이 날아가
산기슭 나무 위에 얹혔다.

동구 밖 느티나무 가지 단숨에 꺾어놓고
호두나무 아래 매 놓은 염소까지
번쩍 들어 날리더니
홀어머니 모시고 살던 영만네
두 칸 집을 흔들어 부숴놓았다.

텃밭의 옥수수밭 깔아 눕히고
개천가 익어가던 옥답은
공사장 토사를 날라다 덮어놓고
재개발 지역 철거반 휘두르듯
소리소리 지르며
산 너머로 넘어갔다.

어이가 없고, 황망해서
털썩 주저앉아 꺼이꺼이 울던 날
라디오에서는
또 다른 태풍이 북상 중이라는 뉴스

배만 불룩한 맹꽁이가
지난 장마 때 복구한 사방 둑에서
원통하고 비참해 밤새 울더라.

백제의 옛 성터에서

송파 둘레길을 돌다 보면
흙담으로 남아있는
풍납토성風納土城과 몽촌토성夢村土城.

몽촌토성에는 아직도
적군의 진격을 막기 위한 해자垓字의 물길
그대로 남아있다.

방이동 구릉 언덕에는
석굴 무덤이 입구를 드러내놓고 있고
석촌동 돌무덤에는
판석을 이어 쌓은 원형 무덤.

천년의 서울역사가 시작된
한성백제漢城百濟의 흔적痕迹
그 찬란했던 문화를 되살려
우리가 할 일 무엇일까?

도도하게 불어오는 아리수 강바람에
자명고의 북소리가
한강 벌을 울려온다.

대청호

내륙의 인공 담수호
길이 86㎞, 담수면적 14억 9,000
75년부터 물을 담기 시작해
금강지류의 젖을 물리는 심장이 되었다.

어린 시절 강변에서
우렁이를 잡고
피라미를 잡고 놀던 개천이
이제는 집을 삼키고
느티나무와 우물도 삼킨 채
마을도 정다웠던 이웃들도 사라졌다.

마을 터를 조망하던 산기슭
갯내를 안고 오는
갈 가마우지 무리가 제 고향 호수처럼
둥지를 짓고
내 고향 터를 지키고 있다.

애들아, 어깨를 펴 봐

뭘 하고 싶어?
숨기지 마
꿈은 클수록 좋은 거잖아.

어깨를 펴고 걸어 봐
뭐가 걱정이야.
네가 이뤄갈 세상이라고 생각해 봐
두렵지 않잖아?

돈이 많고 적음은 한순간이야.
아이디어만 있으면
도움을 받을 수 있고
내 꿈 펼쳐 보일 기회 얼마나 많아.

용기는 죄가 아니야!
도전은 청년들만의 특권이거든
해봐 넌 할 수 있어
얼마나 좋은 세상이니?
생각이 정갈하고
마음이 크면 무엇이나 할 수가 있잖아?

한 구덩이에 심어진 나무를 봐
한 생각만 하니까
금방 키가 자라고 몸이 자라고
큰 나무가 되잖아.

네가 바로 희망이라고 생각해
미래이고
모두의 바람이라고
두 어깨가 든든한데 무엇을 망설이니.
해 봐 넌 할 수 있어.

떨고 있는 거니?
어깨를 펴면
발걸음도 빨라지고 커져.

이제 어깨를 펴 봐.

연시軟枾

조부님 생각에 산 연시軟枾

—아차,
조부님은 지금 안 계시잖아.

길가 좌판에서
손에든 상자를 다시 놓으려다가
봉지에 담아 든 맑은 홍시 다섯 개

'—제사 때 오시면 드시게 해야지.'

나만 보시면
활짝 웃으시던 조부님 얼굴
지금쯤 윤회의 어느 언덕에 계실까?
마음속에 새겨진 그리운 얼굴.

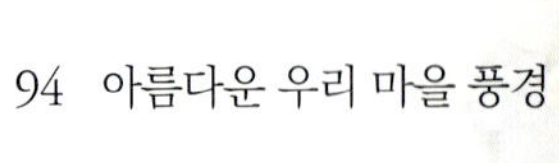

겨울비

동면冬眠을 위한 채비일까?
옷소매 둥둥 걷고
나무들 가지부터 씻겨 내리고
이끼가 낀 바위 사잇돌마저 닦아주더니
부도탑浮圖塔 모서리까지 닦는다.

푹신하게 발등 덮은 나뭇잎들
다독다독 밟아주고
눈 쌓아 올릴 장독대 몸도
깔끔하게 닦는다.

장 담그는 날
짚불로 장독 제독除毒하시던 어머니처럼
겨울비는 닭장 위 슬레이트 지붕도
두드리며 앉아있다.

건넌방 부엌에서 동지팥죽
설설 끓는다.

겨울잠

잠睡眠은 멈춤이다
걸어오는 동안 역사한 여정을 돌아보는
쉼이다.

잠속에 노래와
지저귀는 사물이 있고
즐거움을 누릴 수 있는 꿈이 있다.

한 계절을 동면하는 짐승도 있지만
토막잠으로 사유의 바다에서
잠시 쉬는 사람도 있다.

수면을 통해 얻는 자유
솟대 위에 걸린 달그림자이다.

문 바르기

겨울의 문턱에 들어간다는
입동立冬이 지나면
문을 떼어 문틀까지 정갈하게 닦아놓고
풀을 쑤어 문을 바른다.

안방 문과 건넌방, 장지문과
사랑방의 쪽문까지
새로 건져 말려놓은 창호지를
마름하여 문을 바른다.

아기의 손 높이에 작은 창을 내고
밖을 조망하는 문구멍은
작은 유리를 끼워 장식하고
손잡이 장식에는 은행잎, 단풍잎을 주워
예쁘게 붙이고
두벌로 창호지를 바른다.

문을 바르는 날
팥죽을 쑤어 나눠 먹는 전통
우리 민가에서 지켜지는 음식문화이다.

초가지붕 잇기

볏짚을 엮어 지붕을 잇고
담장을 두르는 일은
추수를 마친 농가의 전통 행사였어.

볏짚의 속대를 고르고 엮어
처마 깃부터 차례로 두르고
지붕 마루의 중심에 상투처럼 들머리를 세운 후
새끼줄로 처마에 마름하는 일
마을 사람 함께하는 두레 운동의 시초라 할까.

지금도 낙안읍성의 초가마을이나
영동 양동마을, 민속촌에 가면
전통의 지붕잇기 우리가 살던
100년 전의 주거문화였다니까.

아파트, 연립주택
그전에는 모두가 흙담으로 경계를 세우고
볏짚으로 지붕을 올린 초가집에서
등잔불을 켜고 살았어.

그리운 옛 초가집 지붕잇기 모습
노을빛 감나무 아래
정겨운 그 고향 집을 꿈꾸는 사람들
아직도 많다니까.

12월의 감나무

찬바람에 홍시를 안고 있는 감나무
주고 싶어도 줄 수 없는 밥
마음만 동동
부엌 시렁 위에 얹은 찬 보리밥이다.

낙엽으로 발등만 덮고도
가지에 남겨둔 까치밥 때문에
잠들지 못하고
오소소 쏟아지는 서리꽃
입김으로 분다.

먼 산모퉁이를 돌아오는
기적소리만 가슴을 치고
감나무 위에 앉은 까치
설빔을 준비하고 있다.

산골짜기 달려가는 새들처럼
고장 난 다리를 끌고 가는 삼촌
아침부터 바쁘다.

수종사 은행나무

두물머리 굽어보는
양평 운악산 오르는 산길 옆에
바위 벼랑 다듬어 지은 절 수종사.

그 옛날, 큰스님 어깨 시린 절터 한쪽에
은행나무 두 그루 심으셨단다.

한 그루는
허물어지는 법당 마당 떠 바치고
또 한 그루는 북풍을 막아서서
사계절 풍경소리 재우게 하시더니

언제 오셨을까? 약사여래 부처님
은행나무 아래에서
명상에 드셨다.

설산 기행

겨울 등산의 묘미 눈雪이다
만산이 하얀 능선으로 덮이고
눈을 인 소나무
뚝뚝 부러져 아픈 속살이 드러나는 산정
소백산의 자락 덕유산
그곳의 풍경 보러 간다.

하나님 만드신 백의 정원
산마루를 헤아리며
피리를 불며 달려온 바람이 반긴다.

아, 눈이 시리다.
이곳에는 온 누리가 평등하고
고요가 깃들어있다.

눈밭을 헤치고
더러는 넘어지고 눈 속에 잠기며
산정山頂을 오르는 고난의 행군
저만치 천년 풍설風雪을 이고 서 있는 주목 나무
미라가 되어 손짓한다.

'여기야, 이제야 오는군'
반가워 시린 나뭇가지로 울고
구름이 할퀴고 지나간 어깨를 들썩이며 맞는다.

정월 보름 아침에
그 눈바람 속에 만난 주목 나무
덕유산의 눈안개
계곡부터 다시 핀다.

주목 나무 옆에서

소백산 산등성이
죽어서 천년을 산다는 주목 나무
바람과 다투며
옹이를 안고 있다.

지구를 돌아온 천년 바람
뼈마디만 남긴 채
만파식적萬波息笛 피리 소리로 그리움에 운다.

세월의 넋 한줄기 잡아놓고
울다 지치면
수북이 쌓인 해원의 조각들
구름조각도 걸려서 우는 산마루

소백산 산등성이 가면
주목 나무가
제대로 살아오지 못한 지난 삶
서러워서 뼛조각을 움켜쥐고
울고 있다.

인제 자작나무숲

설원의 인제 자작나무숲
숲사이로 다람쥐 길이 여름이나
눈 내린 겨울 풍경 달리 보게 한다.

바람 불 때마다 자작대는 소리에
자작나무라 했다는 나무.
시베리아 툰드라 지대
몽골의 북부 산악지대
늑대 울음소리를 듣고 자라던 나무.

이 나무의 속살을 20년 가까이
파먹은 종균이 차가버섯 영약을 만든다.
껍질 빛깔도 하얀
그래서 은빛 늑대 별명을 얻었을까?

사람 살리는 명약을 낳는 나무
영월이나 충주, 눈 푸른 제천의 계곡에도
이주민의 고단한 모습처럼
설산의 눈 시린 풍경을 이고 서 있다.

강화 화문석 한 장

강화의 장인匠人에게 받은 화문석 한 장
왕골을 심어 쪽을 내고
그쪽을 엮어 만든 돗자리.

그 돗자리에 아름다운 빛을 입혀
안방 문화의 꽃을 만든 화문석
혼사 예물의 진수이다.

세월이 가고
꽃처럼 화사했던 신부들 얼굴에
희미한 주름골이 생겨났는데도
화문석에 새긴 문향聞香
시절 인연을 되짚어 보게 한다.

태백의 황지연못

낙동강의 발원지 황지연못
검푸른 용소에서
하루 5천 톤의 용천수가 솟아올라
영남의 산굽이를 돌고 돌아
남해로 1,300㎞의 여정을 시작한다.

그 옛날 욕심 많은 황부자가
탁발을 나온 노승에게
외양간 소똥을 시주한 벌로
땅이 무너지고 용솟음치는 물로
큰 방죽으로 변했다는 전설이 깃든 황지연못.

영남주민의 젖줄이요
힘의 원천이요
반도의 생기천生氣川이다.

장독 항아리

올해도 장을 담갔다.
올망졸망 항아리를 줄 세우고
벼 집 태운 연기 휘몰아 장독을 씻어내고
푸른곰팡이 곱게 핀 메주를 툭툭 조각내고
간수 뺀 소금물 붓는다.

무엇이 부족할까?
고추와 통 숯 몇 덩이, 망개나무 뿌리도
툭 던져넣고
칠월 빛 좋은 날 얼마나 열어놓을까?

장 파리가 몇 차례 다녀가고
된장잠자리 순례를 돌고
서리 내린 아침 낮달이
맛을 보았나.

햇간장 내리던 날
초가 담장 위에 뒤늦게 꽃 피우던 애호박 하나
툭 따서 숭숭 썰어 넣고
담북장을 끓이는 무쇠솥 위에

막장 한 그릇 놓인다.

이제 한로가 지나고
상강이 다가오면
초가지붕에 새 이엉을 얹을 참이다.
그래야 장독대의 올망졸망한 모습
어머니 보시기에 넉넉해 보일 것이다.

디딜방아 연자방아

농사짓는 집마다
헛간에 차려놓은 디딜방아
채 백 년도 안 된 농촌의 풍경이었다.

방아확에다 곡식을 넣고
발로 굴러 빻는 연자방아
어머니들은 방아 찧고 절구질을 하며
고단한 일상을 공유하며
자식들을 먹여 살리셨다.

살림 넉넉한 집에서는
당나귀가 끄는 연자방아를 돌렸지.
둥근 돌을 메고 당나귀가
빙글빙글 돌려 나락을 빻는 연자방아
산자락 끝에 흐르는 물을 모아
물레방아도 마을마다 방아를 찧었어.

먹을 양식이 떨어질 무렵
풋보리를 찌고 비벼서
밥을 짓던 우리 어머니들

잠시 이승에 소풍 오시어 수고없이
한 끼 식사라도 모시고 싶다.

그리운 고향 풍경
디딜방아 연자방아를 보면
처마에 맨 끈을 잡고 디딜방아를 구르는
조모님의 고단한 모습이 떠오른다.

기와집 선물

고향마을에 12칸 기와집을 지어
부모님께 선물하겠다는
어린 시절 마음의 약속.

백두산의 금강송을 베어 대들보를 깎고
울진, 덕산 야산의 굵은 적송을 베어
서까래를 놓고

살결 멋진 가평 돌로 주춧돌 놓고
충주, 단양 국화 돌을 캐다가 디딤돌 놓고
운악산의 돌배나무 솟을대문 기둥 쓰고
경주기와 청동기와 실어다가
팔작지붕 위에 얹는다.

대목장이 망치질에 쓱싹쓱싹 대패질에
마을 언덕 초가집 터에 기와집을 지었다.
기왕이면 후원 연못도 파자
살구나무 매화나무 후원에 심고
연못 파고 연꽃 심고
감나무도 옮겨심어 까치들도 살게 하자.

그리운 아버지,
어머니 안 계신 진안의 마을 언덕
마음에 꽃 대궐 짓고 웁니다.

동지팥죽

24절기 중에 마지막 간지
동짓날에는 붉은 팥죽을 끓여 나누었다.
지붕에는 생솔가지를 던지며
잡귀가 물러가도록 방편을 세워 놀던 날

동서남북 집과 곳간,
재산으로 여기던 외양간 등지에
붉은 팥죽을 뿌리며 액땜을 하던 날
동네 우물은 이날 물을 모두 퍼내고
바닥까지 청소하며 '조왕굿 놀이'도 하였다.

'-뚫으소! 뚫으소!
 물구멍을 뚫으소!'

사물놀이의 상쇠는 꽹과리를 치며
우물에서 가까운 집부터 방문하며 순례를 돌았다.

지금은 잊혀 가는 동지 절기의 민속놀이
태국에서 시집온 아줌마
부처님께 공양하고 절을 나오며
빙그레 웃는다.

그림자를 밟고 서서

그림자를 끌고 있으니
형체 있는 영혼이다.
서 있기만 한다면
이정표里程標는 되겠지만
바람의 꼬리만 거는 걸개다.

그림자가 있으니
존재의 근거를 확인할 수 있다.
언제인가는 사라지겠지만
그림자를 끌고
형형한 햇살을 이고 기다린다.

혼이 떠난 그 날의 입김
다시 돌아와 뼈 무더기로 남아있는
자기의 몸을 끌어안고 울 바람의 영혼

덕유산 뼈만 남은 천년 주목의 어깨 위에
잔설殘雪이 남아있다.

내 인생 그림자놀이

얼마나 살아야
내 본성本性을 찾을 수 있을까?

출가하여 환갑을 맞은 스님
'그림자를 쫓으며 살았나?'
임종臨終을 앞두고
'허깨비와 놀다 간다.' 일갈했던 노승.

구순의 나이에도
철학의 경계를 논하던 학자
모두가 부질없는 짓이다.
한숨이 일생의 좌우명座右銘이었나.

성직자의 반열에서 성도들을 이끌다가
선종을 앞둔 신부와 목사님도
기도하라고만 이야기했다.

스님도 목사님도 신부님도
알몸으로 와서 울다가 웃다가

그림자를 쫓던 시절 인연을
지켜보다가 떠났다.

나도 지금 꼬리가 길어지는
그림자 보고 있다.

갑사 가는 길

감꽃이 피는 5월이면
절에 가는 길이 즐겁다.

바람에 소복하게 빠진 감꽃
먹감나무의 감꽃이 아니라
고욤나무의 감꽃이라
개미들이 길게 장을 섰다.

고욤나무 사잇길로 절에 오르는 오솔길
숨을 몰아쉬는 쉼터에
풍경소리가 내려와 쉬고
그 옛날 말달리는 백제 무사들의 환영이
나무 그늘 속에 일렁인다.

첫서리 내리고
오소소 소슬바람 불 때마다
우수수 떨어지던 고염 열매
고염 죽을 쑤어 주시던
노스님은 열반경을 읽다가 가셨다.

산길 고요한
갑사 가는 길
올여름을 이기고 푸른 감이
올망졸망 바람 그네를 타고 있다.

아름다운 우리 마을 풍경

초판 1쇄 | 2025년 7월 10일

지은이 | 이종천
펴낸이 | 서영애
펴낸곳 | 대양미디어

04559 서울시 중구 퇴계로45길 22-6(일호빌딩) 602호
전화 | (02)2276-0078
팩스 | (02)2267-7888

ISBN 979-11-6072-149-2 03810

값 20,000원

* 이 책은 저작권 법에 의해 보호받는 저작물이므로
  무단 전재와 복제를 금합니다.
* 이 책의 내용을 사용하려면 저작권자와 출판사의
  동의를 얻어야 합니다.
* 잘못 만들어진 책은 구입한 곳에서 바꾸어 드립니다.
* 이 책은 문화체육관광부, 한국장애인문화예술원의
  '2025년 장애예술활성화지원사업'의 일환으로 발간비
  를 지원받아 출간되었습니다.